我的动物朋友

一只狗的典型一天

〔英〕瓦尔特·艾曼纽尔 著

〔英〕西尔·阿尔丁 绘

王梅 译

人民文学出版社

PEOPLE'S LITERATURE PUBLISHING HOUSE

图书在版编目（CIP）数据

一只狗的典型一天 / (英) 瓦尔特·艾曼纽尔著；
(英) 西尔·阿尔丁绘；王梅译 . — 北京：人民文学出
版社, 2021
（我的动物朋友）
ISBN 978-7-02-014653-6

Ⅰ . ①一… Ⅱ . ①瓦… ②西… ③王… Ⅲ . ①短篇小
说 – 小说集 – 英国 – 现代 Ⅳ . ① I561.45

中国版本图书馆 CIP 数据核字 (2018) 第 251905 号

责任编辑　朱卫净　周　洁
装帧设计　李　佳

出版发行　人民文学出版社
社　　址　北京市朝内大街 166 号
邮政编码　100705

印　　刷　上海利丰雅高印刷有限公司
经　　销　全国新华书店等

开　　本　890 毫米 ×1240 毫米　1/32
印　　张　1.875
字　　数　19 千字
版　　次　2016 年 10 月北京第 1 版
印　　次　2021 年 6 月第 1 次印刷

书　　号　978-7-02-014653-6
定　　价　48.00 元

如有印装质量问题, 请与本社图书销售中心调换。电话 : 010-65233595

我的似水流年

7:00 A.M. 我慵懒地醒了过来。因为夜里被打扰没睡好，搞得现在几乎没有力气伸个懒腰。

深夜，有个陌生人从厨房的窗口溜了进来，蹑手蹑脚的，手里拿着一只大袋子。我立刻冲上去和他交了朋友——因为他对我挺够意思的，帮我拿下了那块我自己够不到的肉。我也投桃报李。就在我专心致志对付那块肉的时候，他搜罗了很多银器装进袋子里。可是，就在他准备离开时，这个残忍的家伙（现在我想那应该是个意

外）踩到了我的脚，疼得我立马大叫起来，并毫不客气地咬了他一口。他丢下袋子，急慌慌地从窗口逃了出去。

我的叫声惊醒了全家，很快，老布朗先生和小布朗少爷出现了。他们立刻发现了那只装满银器的袋子，然后就宣称我保卫了全家，喋喋不休地说些溢美之词来夸赞我。

我成了英雄。

接着，布朗小姐也下来了，对我又是摸又是亲，还把一条粉红色的绶带系在我的脖子上，让我看起来像个傻瓜。我真想知道，绶带到底有什么好？我尝过，那简直是世上最难吃的味道！

8:30 A.M.　　　　早餐有点难以下咽。没胃口。

8:35 A.M.　　　　吃小猫崽们的早餐。

8:36 A.M.　　　　和贱猫（小猫崽们的妈妈）之间发生
　　　　　　　　了点不愉快。不过我很快就撇下她走了，
　　　　　　　　这个懦妇不敢公平决斗，居然用爪子!

9:00 A.M.　　　　玛丽给我洗澡——让人深恶痛绝的事情！

被扔进浴缸，然后从头到尾擦擦擦——嘴、尾巴、全身各处——用肮脏的肥皂水。那只讨厌的猫从头到尾都在看热闹，并用她最犯贱的方式来表达嘲笑。我不知道，这只贱猫有什么可骄傲？她必须自己清理自己，而我却有一个仆人来服侍我洗澡。

不过，我也常常希望自己是只黑狗，那样保持干净的时间可以更长点。因为身上有白色斑纹，即便有个指印都会触目惊

心的清晰。每次我在厨子那儿挨过几下，身上的痕迹都一目了然。

9:30 A.M.　　　我以一副"美狗出浴"的样子出现在所有家庭成员面前，他们都对我非常热情。说实话，还真有点凯旋的感觉。没想到，与那个家伙的一次"邂逅"居然带给我这么多荣誉。简直太妙了！布朗小姐（注：我非常喜欢她）尤其热情，亲了我一遍又一遍，叫我什么"亲爱的、干净的、勇敢的、香喷喷的小狗狗"。

9:40 A.M.　　　　有客人从前门进来，我趁机溜了出去，在泥地里开心地打着滚。感觉这更像原来的我。

9:45 A.M.　　　　又有客人来访。看到我陷在泥地里，那人发出了可怕的尖叫。

　　　　所有人都认为，我今天不该受到责骂，因为我刚刚才做了英雄（击退了那个毛贼！）。但这个"所有人"，不包括布朗姑妈。搞不懂什么原因，她总是看我不顺眼，对那只贱猫却好得无以复加。这不，她又平白无故地诬蔑我为"可怕的家伙"。

9:50 A.M.　　　　有了！

　　　　立马冲上楼去，在那个老处女的床上尽情打滚。谢天谢地，身上的污泥还是湿的！

10:00—10:15 A.M. 开心。摇尾巴。

10:16 A.M.　　　　下楼去厨房。

厨子正在窗前看军队路过，我就跟排骨们玩了一会儿，并且大大地咬了它们几口。厨子对此毫无察觉——他正为看到那么多士兵而心烦意乱呢，然后就继续炖他的排骨去了。

10:20 A.M.—1:00 P.M.　　　　打瞌睡。

1:00 P.M.　　　吃午餐。

1:15 P.M.　　　吃小猫崽们的午餐。

1:20 P.M.　　　　又被那只野蛮的猫袭击了。她抓伤了

我的后腿，于是我立刻休战。

　　　　备忘：以后一定要从她的小猫崽们身

上补偿回来！

1:25 P.M.   上楼去餐厅。

家里人还在吃午餐。布朗少爷扔了个面包粒给我，刚好打在我的鼻子上，这是侮辱！但我吞下了这粒侮辱。

接着我又扑到布朗小姐怀里，并用热切恳求的目光望着她。我认为，这眼神实在是令人难以抗拒，她给了我一块布丁。布朗姑妈告诫她不应该这么做。此时，她以无比的勇气回敬说不用她管。我真是越来越仰慕这丫头了。

1:30 P.M.　　　意外的收获！

　　　　　　　一整盘沙拉酱鱼放在客厅里的搁板上。

　　　　　　　转眼之间，它就进了我的肚子。

1:32 P.M.　　　肚子好痛！

1:33 P.M.　　　越来越痛了。

1:34 P.M.　　　有一种要呕吐的强烈感觉。

1:35 P.M.　　　　　立刻冲到布朗姑妈的房间，就在这里

吐吧。

27

1:37 P.M.　　　　好点了。如果当心点我会恢复的。

1:40 P.M.　　　　差不多好了。

1:41 P.M.　　　　全好了！感谢上帝，脱险了。

人们真不应该把沙拉酱鱼这样的东西到处乱放。

1:42 P.M.　　　　去餐厅。

为了证明自己恢复得不错，我在房间里以自己的尾巴为舵，围着它一圈又一圈地全力冲刺，足足有二十多圈。接着，作为一个漂亮的收尾，我又朝布朗先生的马甲背心蹦了两次，当时布朗先生正在摇椅里香甜地睡着。

他被吵醒了，真的是非常震怒，用一些我闻所未闻的言辞来责骂我。如我所料，即便是布朗小姐，也说我太淘气。老布朗先生坚持必须给我点惩罚，并让布朗小姐打我。布朗小姐百般求情，但是没用。老布朗先生对所有美好的感情都很麻木。

因此布朗小姐不得不打了我，很轻柔地——彻底的享受，就像被轻拍爱抚。当然，我惨叫了，假装那是可怕的伤害，同时开始表演"悲伤的眼神"，于是她立刻带我到旁边的房间，给了我六块糖以示安慰。做得好！务必经常这样干。

离开时她吻了我，并向我解释，我不应该跳到她可怜的老爸身上，因为正是他每天去城里为我买骨头。也许，这能说明点什么。

真是个善良的丫头。

2:00—3:15 P.M.　试图杀死里屋的毛皮毯子。没成功。

3:15—3:45 P.M.　闷闷不乐。

3:46 P.M.　一个小屁孩进来了，打了我。我骂了他。
　　　　　我可不是随便什么人的玩物！

3:47—4:00 P.M.　　　　再次尝试杀死毯子。

如果不是可恶的布朗姑妈进来打断了我，这次就成功了。

我什么都没说，只是看了她一眼，用眼神告诉她："总有一天我也会这样对你的。"

我想她一定接收到了。

4:00—5:15 P.M.　　　　睡觉。

5:15 P.M.　　　一波湿疹奇痒来袭，被痒醒了。

5:20—5:30 P.M. 　　又睡着了。

5:30 P.M. 　　又被湿疹痒醒了。抓破了一处。

5:30—6:00 P.M.　　　故作贪婪地盯着金丝雀，吓唬它。

6:00 P.M.　　　对厨房进行例行拜访。啃了一些骨头。

6:15 P.M.　　　　在厨房过道里追一只小猫崽子。其他

小懦夫都逃跑了。

6:20 P.M.　　　　事情越来越明朗了：

要帮助老鼠逃脱猫的魔爪。

6:30 P.M.　　　　上楼，路过客厅。老布朗夫人的卧室门诱人地敞开着，我进去了。

以前从没进来过。没什么东西值得据为己有。吃了"帽子"里的几朵花，糟糕的味道！

接着又去了布朗小姐的房间，非常整洁。发现了一只标有"高档糖果"的盒子，真不赖。

漂亮的房间。

7:00 P.M.　　　　下楼吃晚餐。

吃得没滋没味的。我今天真是没什么胃口。

7:15 P.M.   吃了小猫崽们的晚餐。但我真希望他们不要再没完没了地喂他们鱼了，我吃得都要吐了！

7:16 P.M.   吐到花园里了。

7:25 P.M.   厌倦的感觉袭来，感觉提不起精神。

        我决定找个地方静一静，到厨房的火炉旁躺一躺。

        有时，我会觉得自己已不是从前的那只狗了。

8:00 P.M.   万岁，食欲又回来啦！

8:01 P.M.　　　狼吞虎咽。

8:02 P.M.　　　这是我遇到过的味道最好的一块木炭。

8:05 P.M.　　　在厨房地板上嗅来嗅去，捡到一点洋葱、一把仿玳瑁梳子、一只小虾（几乎是完整的）、一块恶心的不新鲜的面包，还有一截毛线。

在木炭之后，我还是最喜欢毛线。家人都曾注意到我吞下过很多这种玩意儿。前几天，布朗小姐还有个不赖的主意，她说，如果我能在嘴巴外保留一截线头，他们就可以把我当线盒用了。虽然这几乎算不上是一个玩笑，然而，它还是让我笑了。

8:30 P.M.　　　　如果一个人必须依赖他人，那是会饿死的。

幸运的是，我在大厅里发现了一块焦糖布丁。我要先尝为快。

舔食了上面的糖浆，把板油留给家人们。

8:40 P.M.　　　　再次下楼来到厨房，坐在火炉旁，假装根本不知道什么是糖浆。

但是那只讨厌的贱猫在那里，她用那种优越的眼神上下打量我，面露猜疑。该死的，她有什么权利这样装腔作势？她还没有我一半大，也从不纳税。诅咒她的自鸣得意！诅咒她的全部！

她的眼神让我抓狂，在她背转身的时

候，我立刻扑上去咬她。这个狡猾的懦妇摇着尾巴，假装她喜欢这样玩。于是我就又扑了上去，但她一个回转身反扑向我，狠狠地抓伤了我的爪子。出血了，我疼得哀嚎起来，布朗小姐闻声赶下楼来。

她亲了亲我，一面责骂那只贱猫太淘气（真该直接杀了她！），一面给了我一些糖果，接着用面包膏药把我受伤的爪子包上。上帝，她是多么爱我！

9:00 P.M.	把面包膏药吃了。
9:15 P.M.	开始犯困。
9:15—10:00 P.M.	打瞌睡。

10:00 P.M.　　被送到狗屋里。

10:15 P.M.　　灯熄了。

又度过了沉闷乏味的一天。